支撑

朱传富 著

长江出版传媒
长江文艺出版社

自　序

寻找会呼吸的词语

近知命之年，提笔习诗，犯了"老不学诗"的古训。起初不以为然，断断续续写了三四年，走了不少弯路，碰过不少壁，才深以为然：一、心里没底。未经过几次诗歌浪潮的洗礼，不清楚新诗的来路，不清楚当下的潮流，不清楚未来的走向，一个人在黑暗中瞎折腾。二、起点太低。该读什么诗，写什么题材，用什么技法和经验，很茫然，不知所措。三、想象力不够。记忆力下降，思维僵化，诗的翅膀折断了，习作就容易成为"打油诗"，等等，迫切需要寻找出路。这如同我们一成不变的生活，总要学会改变，总要留些念想，给生活添加些色彩和温暖。这也是我老来学诗的初衷吧。

发表了一些习作，有人介绍我是诗人，很内疚，也汗颜。觉得自己是一俗人，忙于生计，很少学习，有时半年（2022年上半年），甚至一年（2019年）也没写一首诗，连个诗歌爱好者都算不上。在我眼里，诗歌是圣物，要用虔诚的心去接纳它、热爱它，才能互相成就，完成心灵的洗礼与救赎。我很少主动去写诗，大多数灵感来自早上五六点钟，我把它记下来，整理成习作。因此，在内心深处，我对诗歌是崇敬的，总觉得它是上天的馈赠，是不可亵渎的。走向人生下半程时，遇上诗歌，它是我的贵人，我心怀感恩。

如何才能写好诗，我现在也没找到答案。写诗的过程，是一次找寻，是一次打捞，是一次自我的修行，能走多远算多远吧。重要的是，保留一颗诗心，热爱生活，追求美好，比追名逐利更有意义。有人说，写诗是写生活，写人的命运，我十分认同。写作时，我努力把自己摆进去，写日常生活，写自己的经历，写自己的所思所想，先过好自己这一关。但艺术是高于生活的，要兼顾语言、结构、技巧、力量等诸多的要求，也需要对生活进行提炼和加工。比如职场人写亲情、乡愁、采风类的诗盛行，很少有人写情诗，但从《诗经》开始，它已是诗歌的重要题材，没必要绕道而行。我写过一些情诗，多数是别人讲述的，或来自电影和小说的启发，但为了增强在场感，换成了"我"的介入，让诗歌显得更真实与生动。

诗歌是语言的艺术。写诗最让我犯难的，是语言的运用。我尝试过朗诵诗、抒情诗、叙事诗、哲理诗、口语诗等各类诗歌的写作，但都以失败而告终，没有找到理想的出路。没有语言的天赋，阅读量不够，自己越写越没有底，越写越感到自己的无知和渺小。我天生不是当诗人的料，那就做个平凡人吧。于是，放下不切实际的目标，关注"小我"，关注"小我"与自然、社会的关系，关注生活经验的植入，尽量让诗歌接地气，显得真诚、自然、朴实和内敛。也许是自己崇尚简朴生活的缘故吧，我对使用修辞是抵触的，认为那是涂脂抹粉，改变不了诗歌的老气、空洞和贫乏。

这本诗集，收纳一些分行分段的习作，风格各异，参差不齐，是学习和求索的结晶。第一辑是写人生。《同样的影子》折射中年生活的困境、迷惑、挣扎、遗憾和执着，五味杂陈是生活的本色，多些历练，人生才会成长。第二辑是写乡愁。《发光的柿子树》写了家乡的景、人和事，有些遥远，又很亲近，不经意照亮和温暖游子的心。第三辑写生活。《我还想证明什么》？"如何用一首诗，或是一段爱，仓促地证明自己的存在。"其实什么也证明不了，时间义无反顾地匆逝，我还是那个左顾右盼的人，不得不接受落叶一样的宿命。第四辑写命运。《颂钵响起》带来不同的生命体验，而我的诗歌，从这些发声练习中，开始播种、生根和发芽，让我回归自己的内心，推开一扇窗，看到另外的人生风景。

对这些最初的习作，整理时想改一下，或放弃一些，但想到它们曾感动和慰藉过我，就像自己的孩子一样，怎么能嫌弃呢？让它们不加修饰地生长吧，自由的思想最可贵，有趣的灵魂才可爱。

朱传富

2023 年 6 月 13 日

目 录

第一辑
同样的影子

欲归 003

躲避 004

负重 005

看不见的事物在奔跑 007

诗歌是一枚流星 008

鸟鸣 010

蝉鸣 011

听蝉 012

声音 013

声音是有生命的 014

我的生活杂草丛生　015

整理衣柜　017

弥补　018

春天又落下抑郁　019

误入无人眷顾的丛林　020

告别　021

兀自做梦　022

枕着人间的喧嚣入梦　023

选择　024

同样的影子　025

晕眩　026

成年的天空　027

失重　029

我想要的生活　030

第二辑

发光的柿子树

家乡　033

磨滩　034

箩筬湾　036

田坎　037

支撑　039

心里住着两条河　040

柿子树生长在理想的位置　042

发光的柿子树　044

细雨　045

联想　046

被雨追赶的人　048

乡音　049

认亲　050

起死回生　052

石头的记忆　054

明月山　056

龙溪河畔　058

会呼吸的灯　059

垫江豆花　061

农转非　063

山间　064

早春　065

第三辑
我还想证明什么

对话　069

过秀湖　073

单向行走　074

反向行走　076

一步登天　077

君子兰枯萎了　078

冬天　079

落叶　080

街头　082

我梦　083

理想状如蛛网　085

我的爱情是隐喻　087

等雪来的人　088

那时　090

平静的眼睛　091

一本书的记忆　092

匆匆 093

我还想证明什么 095

过冬的女人 096

初学油画的女儿 097

她是五月最美的新娘 098

意外 099

成语 100

新年辞 101

第四辑
颂钵响起

倒映 105

隐秘的去处 106

听雨 108

想要紧紧抓住的事物 109

托举 110

泡沫 111

霜降，倦鸟尝试归林 113

命运攸关的树 115

梵呗里生长的村庄 117

一只会跳舞的萨满鼓 119

颂钵响起 121

望夫吟 123

灯 125

煤油灯 127

捡魂 128

行车记 129

或许 130

假设 132

了无痕迹 133

过年 134

羊的善意是活佛 135

生长的记忆 137

第一辑

同样的影子

欲 归

三棵年代不详的黄桷树

发达的根系是经纬线,织就栗树场

我的父母在这里出生,也在这里死去

我的父母的父母的父母也埋葬在这里

我分不清哪一条根须连着他们的魂

根茎环抱的土地生长河流、庄稼、炊烟和乡音

生长繁枝与茂叶。它们宛若我的兄弟姐妹

而我是离枝的叶——

顺从风,顺从流水,顺从层峦叠嶂的人生

多年后,我会飘落黄桷树下

顺从根对绿叶一生的指引:

叶——落——归——根

躲　避

人间遍布悬崖

立在看不见的地方,一样令人心悸

我每次靠近危险的边缘

比如山涧、峰顶、深水、人生低谷

总会想起父母善意的提醒

尽管荒草已代替他们生长,反复

被北风折断

那些话语像某种传承

浸染我的血液、呼吸和思想

宛若悬崖边的一棵树、一朵花、一株草

留恋脚下贫瘠的土地。拒绝深渊

负　重

"做人不易，活着要担当"
父亲的话分量不轻，压在我心头
让我一生都在负重。折腾。不安分

年轻时我养成右肩挑稻谷
右手拧菜。左手闲置——
如同我白纸一样的青春和爱

知命之年，我练习左手提东西
纠正右倾的身子。练习用诗
填充前半生留下的空白

逐渐，我的身体摆正
还来不及欣喜，后背似下弦月
向前伛偻下去

忘却父亲的话

我像卸下一座山。多么轻松啊

我已匆忙地过完这一生

看不见的事物在奔跑

高铁托着我奔跑

风在窗外追赶

沿途的树、电线杆、田野和村庄

也在使劲地跑呀跑

转眼就跟丢了

还有许多看不见的事物

被一只无形的手拖拽着移动

缓慢地改变或失去自己

比如时间、青春、理想和久违的爱

比如我被什么事物所牵绊

一生用竹篮打水,一生乐此不疲

诗歌是一枚流星

艾米莉·狄金森！

我不愿一口气读完您的诗

就像窗外久违的冬阳

我希冀它慢慢绽放，驻足久一些

艾米莉·狄金森！我认识您太迟

无法读懂您的孤独、自囚和高洁

无法越过每一条小径与溪流

与您相约，聆听星星与花朵的密语

艾米莉·狄金森！我是迷路的孩子

您用诗歌擎起指路明灯

拯救过太多迷惘的诗人，却不包括我——

一个低头做蝼蚁、忘记抬头看路的人

艾米莉·狄金森！

诗歌是您的情人,也是我的爱和唯一
余生靠它思想与呼吸。哪怕
它只是一枚流星,划过生命的夜空

鸟　鸣

在人间,最先早起的是鸟鸣
我发现这秘密时已错过闹钟吵醒的年龄

冬天像中年生活一样单调且枯燥
熬到鸟鸣欢叫,又是一春

鸟鸣生长茂盛的地方,是故乡
我时常像候鸟一般在梦境徒劳往返

世上有太多的鸟、太大的叫声
动听也好,刺耳也罢,与我有关或无关

都要接纳和热爱。我内心鸟鸣轰响
却发不出声,自己怎么也听不到

我枕着鸟鸣来到这人间
离开时不带走鸟鸣,只带走对你的思念

蝉　鸣

午后,我躺在蝉鸣中似睡未睡
老屋拖拽泛黄的、闲散的、无意义的时光
从记忆的角落蹒跚而来

我穿着开裆裤,一动不动地坐在石阶上
盯着秩序井然的蚁群搬运沾满尘土的饭粒

奶奶端坐在斗羌边熟稔地切着咸菜
阳光生长茂盛,她一个晌午也没挪动位置

昏暗的堂屋,父亲和二叔陪着爷爷喝酒拉家常
含混不清的话语里夹杂醉意与失意……

仍是午后,我习惯性地在床上翻了翻身
记忆似断线的风筝远去、模糊、消散

窗外,蝉声将停未停

听　蝉

蝉鸣像潮汐一样湮没

一个又一个夏天。太多的欲望

也像蝉声一样充塞

我的过往、大脑、血液和虚空的心

我好想像蝉一样大喊大叫

无数次尝试和努力，依旧发不出声来

其实，我也没有什么值得说出口的

欢喜也好，悲伤也罢，不是别人强加的

蝉的高调是为了生殖与繁衍。我保持沉默

不过是找个借口，避开另一个不确定的我

声 音

声音是世间不可缺少的事物
活在声音里的人,也会成为声音的一部分

我的故乡,清晨的一声鸡鸣狗叫
霎时复活那山、那水和那老迈的村庄

我的女儿,听不惯这些乡村的杂音
却能在厨房破壁机的嘶吼中安睡如故

我活在城市的车声、人声、电话声和会议的回声里
声音像大海一样潮起潮落。可我不是弄潮人

我是声音边缘的部分,一辈子都在练习发声
只是声音那么弱小,仍不知道如何生长

声音是有生命的

声音是有生命的
静时,才能感知它的脉搏

比如重庆四十五度高温炙烤的树叶
提前谢幕,发出"咔嚓"的轻叹

这有别于自然枯黄的落叶
应和西北风,"沙沙"的吟唱

而我,是一片走向迟暮的叶子
不会在世间留下任何声响

我的生活杂草丛生

我突然对草产生感觉
不再感喟花,不再崇敬长骨头的事物

我昨天踩过的草仍倒伏着
沾着鞋底的泥,多像地里玩耍的孩童
不过,这柔弱的物种不同于我们
早已接纳被践踏与轻视的生活
顺从风,自顾自地行走

我在阳台种过不少花
三角梅、君子兰、茉莉、蔷薇、丁香
它们毁于过山车般的重庆天气
或我的疏忽。无人打理的花盆总是
不经意长出无名的草与思绪

你离开多久了

我的生活已杂草丛生

这卑微的生灵啊

不需要赞美,不需要奇迹

整理衣柜

一座小山挡在我眼前
多像我几十年不堪的生活。一地鸡毛

先分类吧,外套、内衣、春秋装、冬装
小山缓慢塌陷,变成四季分明的土堆

颜色鲜艳的是足球袜、球衣、球裤、比赛外套
每拽出一件就像捞起一段青春与沸腾的生活

女儿买的棉背心旧了,母亲手织的毛衣粗糙
丢弃还是存放?如同我打着死结的生活

老是没有答案。我每丢弃一件衣物
就会失去一些时间,加添一道深耕的皱纹

其实我早已接纳油腻的中年。总是
依赖陈旧的衣物唤醒和打捞自己并感恩生活

弥 补

我喜好伺花弄草

但从不摘花,也不拔草

只是偏爱它们不同的季节

装扮生活不一样的色彩和情绪

久养的花草如同我的女儿

总是不加修饰地生长

我每次拿起剪刀都无法下手

仿佛听见枝丫折断的声音

在心底响起,还会隐隐作痛

换季时总有花草像风一样匆逝

新的花草又填充进来。弥补人间

太多的告别,太大的空白

春天又落下抑郁

我还在为冬天的事烦心

春天又落下抑郁

草自个儿绿,花使劲儿开

从《诗经》《离骚》里跳出来的人

习惯在花前月下一声叹,一声悲

大好山河跟着老去

伤春的人至今络绎不绝

这让我想起身世,坐也不是,站也不安

忐忑的春光独自在窗外徘徊

在鸟鸣声中细碎、迷离,不可触及

误入无人眷顾的丛林

脚下，落叶堆积
下层的走向腐朽，上层的借助风
谋划逃离。两个方向
都指向唯一的路——死亡

如果顺从地下的根茎
也许指向轮回，也许指向重生

头顶，同样是泛黄的树叶
在风中举棋不定
如同我走向下半生的步履
每一步，都指向严峻

如同我生命的丛林，来不及打理
来不及接受落叶一样的命运

告　别

临行前,像探访老友一样
与那些熟悉的植物和鸟儿告别
雨后的云彩来得刚刚好

没有刻意的寒暄和仪式
随意走走,随便看看
短暂的不舍胜过初夏的繁茂

它们或以鲜艳,或以葱郁
或以清脆的鸟鸣关照我

偶尔,我会藏进落日背后
把自己静默成路边的一棵树
不会开花,不愿结果

宛若云彩静静地来,悄悄地去

兀自做梦

阳台这些花钵像是祭坛

不知埋葬过多少花草

像孩子一样疼过的小生灵啊

毁于我的喜好、无知和疏忽大意

前不久,我种过一株缀满星星的苹果树

精心地浇水,施肥,遮阴

仍无法阻止它掉果,枯黄,直至生机全无

这多像我数十年的生活

越是小心翼翼,越是四处碰壁

不自主地陷入命运的死胡同

刚栽的三角梅、金橘、君子兰和石榴

保持新鲜的模样。我无法确定

它们能否适应跌宕的重庆天气

月季兀自开着耀眼的花

我兀自做着昨日的梦。不知悔改

枕着人间的喧嚣入梦

我的眼睛已看不到风景

心里也容不下诗意

此刻，人群欢呼海景阔大

我仅看见海浪与礁石的厮守

单调。重复。那么无奈

这类似我居住的城市小区

推土机、挖掘机和工程车像醉汉

没日没夜地嘶吼

更大的风险来自生活，一浪接一浪

推搡我不停地退让

从孤岛变成礁石。若隐若现

可是，我不会轻言放弃

还要热爱和眷恋这立锥之地

还要枕着人间的喧嚣入梦

选　择

生活是一道选择题

我们只是其中一个答案

多数时间,我们数着星期过日子

数着阿拉伯数字入睡

数着为数不多的盛年与念想

过着圈养的生活,被别人或自己

有时我们也翻看农历,知晴雨

知农活,知身外之闲事

依靠二十四节气调理过敏的生活

给贫瘠的生命播种四季分明

其实,无论怎样的生活

都是我们自己的选择

短暂的喧闹后,归于浩大的寂静

同样的影子

人生是一扇门
门里门外是自己的影子

在门外,我老是望门内瞅
里面呈现未来和梦幻的虚影

我囿于门里,拖着倦怠的身影
总是惦记门外用旧的或丢弃的剪影

门里门外除了影子,还是影子
不知道真实的我藏在哪里

我想走出这扇门,再推开另一扇门
不确定那里是否住着同样的影子

晕　眩

成熟的梅子会流泪

一哭就是好多天

有时梅雨住了

雨声还会在耳朵里回响

淅沥沥……淅沥沥……

这类似我挣扎的人生

外表平静,内心风雨交加

雨后,阳光像一道闪电

天地瞬间变得亮堂与清新

我这个披着雨色的人,反应迟钝

还要像路边的柳枝、艾草和芦苇

在想象的风雨中晕眩一阵子

成年的天空

从前的天空是新的
生长天真的北斗星,广阔的爱人
理想也是新的,土地丰满,日子敞亮

成年的天空是负累的
反复被膨胀的城市生活挤压、扭曲、推搡
跌落低处的河沟,暂缓了记忆

一丝伤感的风,可以吹皱它
一条浮出水面透气的鱼苗
也能让它支离与破碎

天空有时像个不速之客
闯进我的客厅,病恹恹地
躺在光滑的地板上打盹

有时意外掉进茶杯

哪怕翕动嘴唇，或轻缓呼吸

它也会变得面目全非

其实，我是一个被天空放逐的人

活在身后潦草的脚印里

不觉岁已半百，不觉诸事难了

失　重

不是风，拨动树枝的颤动
一只鸟的起身让精华山变轻了些

我放下远行的背包，拧开水龙头洗漱
透过镜子看到自己仍保持负重的姿势

你离去的屋子显得安静又宽敞
我心里增加一些惦念的东西，越发沉甸

也许，多年后我会像一枚落叶归来
化为泥土的肉身刚好可以抵消这座山

失去你的那一份重量

我想要的生活

我想要的生活

远离喧嚣，但不与世隔绝

龙溪河与精华山可以约会。私订终身

与我无关的人，也能把酒言欢

转眼已各奔东西

我想种的花时常泛滥

不会成灾。一朵细微的花朵

也允许它随意做梦与打鼾

我想爱的人，有一双温暖的手

需要的时候会搭在我的肩

星星每晚在屋顶聚会，不要太吵

我就满足了

第二辑

发光的柿子树

家　乡

大地是一块天然画布

前边，摆一排山

不高不矮的山

后边，撒一条河

河水安静，我能游个来回

中间涂抹成片的田野

庄稼簇拥着，漫过山冈

鸟鸣关照的村庄

依偎在河边。河里河外

豢养闲散的乡音、羊群与少年时光

磨　滩

真怀疑是天上的星星
夭折，坠落人间
砸成这一个个谜语
俯视你
像大小不一的蜂窝
只是没有蜜蜂
爬进，爬出
近看你
像一只只水灵灵的
眼睛，傻傻地望着天
我的童年
来过这坑洼的石滩
摸过鱼
捡过漂亮的石子
着迷过这遍布预言的
镜花水月

如今我归来

已是半世的漂泊

只有你,安静如初

如新打磨的镜子

反射天堂的光

映照人间的悲欢。一眼万年

箩筐湾

村子每一次改头换面
锣鼓喧,人如潮
只不过是村史的一段小插曲
走进铺满乡愁的箩筐湾
我不过是一枚不起眼的音符
一路上,美剑、定飞在指点山河
讲述他们的箩筐、私塾、农家乐和情怀
我这个被怀旧绊倒的过来人
却费力地将柏油路还原成田坎
将制种基地、鱼塘、果园、陈列馆
还原成油菜花海。只是
无法还原时间、青春和那时的美好
无法将这诗洗心又革面,还原成箩筐湾

田 坎

我的人间缩小为
一条坑洼不平的田坎
两边是青黄相接的稻田

稗子挺着亭亭玉立的身姿
小巢菜开出梦幻般的蓝花
青蛙与飞虫通常相安无事

春耕,父亲用钉耙挖泥土
给田坎加固蓄水

我小小的脚丫
在稀泥新筑的田坎上蹒跚

父亲的目光分成两半
一半在干活,一半在我的身上

田坎的一头连着家

另一头连着公路,连着我

半世漂泊的城市生活

支　撑

我用石块撑开柑橘
抱得过紧的枝丫
为光线留出穿行的空隙

尚未成熟的果实
喝饱阳光的汁液
就会像蜂蜜一样香甜

这让我想起父亲张开的双臂
护着我第一次攀爬梯子
我的每一次晃动
把他像木偶一样牵扯和摆布
当我费力登上每步梯子
他总是表现喜出望外的神情

柑橘与阳光在恋爱中生长
将会有果熟蒂落的时刻

心里住着两条河

心里住着两条河
一条是龙溪河,一条是桂溪河
它们是我的两个故乡

龙溪河是出生地
生长鱼虾、闲云、细浪、麻柳树
光屁股凫水的少年
生长青草、庄稼和石谷子酿造的空气
生长乡里乡音,生长近乡情怯

桂溪河是工作地,带给我
鲤鱼跃"农"门的欣喜和满足
从日出挨到月明星稀
我在文字堆里寻找理想与出路
从城北、城西走到城南
我一不小心,走散了最初的恋人

两条河像血液一样

在我的心里浅吟或低唱

两个故乡啊,那是生我养我

终将埋葬我的地方

柿子树生长在理想的位置

那年秋天,我在老屋边种下
一棵柿子树
母亲把它当成远行的儿子,一直
拿淘米水喂养
它知恩图报,使劲地开花结果

母亲过世后,它也成为孤儿
无人打理的果枝反复折断
又从别处的树干上长出新枝
重新支起红灯笼
仿佛,母亲从树间
探出头来等我。回家

行走在异乡的城市
我做过无数类似柿子的梦
从少年到白头。生命的枝头啊

依旧悬挂寂静和空无

幸而柿子树还长在我的心田
年年挂满丰硕与光亮
总是不经意地挡住世间
那些不必要的欢喜,与忧伤

发光的柿子树

离我最近的是阳光
准时照亮这半间屋子
不易察觉地停留，挪动，离开
周而复始。如同我一成不变的生活
离我稍远一点的是月光
躲藏在城市高楼的背面或屋顶
不知道它什么时候来的
又什么时候走的
对我而言，诗歌更是遥远的
远过那些离世已久的亲人
无法靠近它，触摸它，感知它
一丝一缕的光泽
幸好母亲种在乡下的柿子树
接受阳光，接纳月光
独自在我的灵魂深处发光

细　雨

一粒细雨轻如牛毛
迎着风，斜着身子飞扬

降落地面，不吱声
悄然改变大地的颜色。由浅及深

落入龙溪河，没有水花的挣扎
水面漂浮一只白蚁，或是
一尾鱼苗在换气

一粒粒细雨赶来，多如牛毛
雨滴变为散乱的鼓点
乡村的夜更深了，更静了

细雨唠叨数日。小溪笑了
小河胖了，满坡新草露头了

联　想

一滴雨水

从高处的树叶坠落

我能听见它

敲打地球的声响

我能看见它

顺从河流的意志

行色匆匆

一滴雨水

从低矮的草尖滑落

轻抚地球的肌肤

没有回音

这让我想起——

人世始终是沸腾的

人心充塞暗潮

一再压低声调的我

不经意听到自己的心跳

如同一滴雨水,潜入草丛

不需要什么应答

悄然滋润地下的根茎

被雨追赶的人

被雨追赶的人回到打谷场
新打的黄豆在往日的筛子中推搡
豆子与豆子挤碰
呻吟连绵到此刻的窗外,惊醒雨
从何时何地带来的事物

被雨追赶的人察看天色
带上蓑衣、斗笠和薄膜出门
不一定能派上用场
刚放回雨具
一场浩荡的雨事又不期而遇

人世间有太多的聚散离合
一样令人猝不及防

乡　音

我的乡村活在各种声音里

鸡鸣狗叫是晨钟
牛羊归栏是暮鼓

鸟儿谈论吃食与生殖问题
催促季节更迭,不误农时

庄稼生长的声音类似满天繁星
太过隐秘。但种地的人会意

惊扰乡间平静的是鞭炮声
渲染的是过年、上坟或红白事

冬夜,虫儿噤声。我早已习惯
枕着父亲的咳嗽安然入睡

认　亲

我是一个农民的儿子
亲近庄稼，拿它们当亲人

秋后的稻茬，心思特别重
它使劲地长苗、分蘖、拔节、长穗
沉浸在再生的梦里
这多像爷爷坟上的茅草呀
自顾自地疯长
浑浑然，不知风向的转变

种在田坎的毛豆
豆荚饱满，豆叶泛黄
好似我的兄弟姐妹
肩并肩，手牵手，一起经风雨
一起步入中年的严峻

刚下种的萝卜青菜

正如我年幼无知的孩子

有的在泥土里抓挠

有的露出稚嫩的头,含着笑

于是,我祈祷北风推迟一些——

我的孩子那么弱小啊

还没见过世面,还不懂得悲伤

起死回生

龙溪河养育的普顺

不肥也不瘦

生长庄稼

生长失忆的村庄

生长我的父老乡亲和

挣扎的乡村生活

生长不开花的

花山，头顶明月和松林

林间飘浮呛人的土烟

一明一暗，复活的父亲

也跟着若隐若现

他与林场的老伙计

拉完家常

又说起刚去世的人

仿佛在谈论不久后的自己

只在邻居的闲聊中

死去,又活来

石头的记忆

我的村庄与石头血脉相连

村庄活着的时候
石头是它的筋骨,历经风吹雨打

石头垒起地基,砌成墙
村民有了家、鸡犬、炊烟和欢声笑语

石头搬上山坡,挡护泥土和雨水
粮食、蔬菜和瓜果各得其所

细小的石头,是孩子的游戏
不过一起抓石子的人已散落四方

不够方正的石头也能派上大用场
低矮的乱石堆里,住着躲清闲的老人

村庄消失后,石头是它的骸骨

青苔越过那些陈年旧事探出柔嫩的头

明月山

一轮明月惊醒一座山
一瞬间,我拥有百里翠林
侵占万亩良田与美宅
我就成了坐拥春风的人
吃穿不愁的地主

山闲来无事
拿白雪和清风养明月
拿映山红养母亲的炊烟
养一方水土与风情。城南人
个个爱咬文、习诗、抚琴和作画

山有儿女私情
惹得牡丹仙子下凡尘
放下身段,做了我的邻居
惹得长安公主不回家

下嫁到太平。一千年

不算太长,也不算太短

山有子孙,如我,如芦苇花

任风吹,吹,吹,吹

我踏上归途

用尽一生的时光——

不长不短,只够一个来回

龙溪河畔

失去遮拦,不用拐弯的阳光
覆盖沿河两岸的草木、庄稼和村庄

躲在麻柳树下的人,盯住紧张的鱼漂
呼吸起伏没有影响到河面平静

他的先人们躺在身后不远的荒坡
水牛啃着草,不时注视河边的一举一动

坡上的草春时疯长,秋时苍老
追赶着一个人从少年到白头

河水置身事外地起起落落
村上唯一的打渔子外出多年。至今未归

会呼吸的灯

夜未深,人已静
路灯是栗树场唯一的活物
一只出没黑暗与孤独的精灵

它会呼吸,类似天上
打着瞌睡的星星
它会说话,全是密语
类似田间地头的萤火虫
飞走了,飞远了,又折回来
飞入我的梦里闹腾

沾上这片出产善的土地
它会思想,不是现代主义
类似双桂堂的木讷和佛性
与妙谈和尚的慈悲心
它是时代的产物,会发光

类似本能的一种反应——

一半照看半梦半醒的老街
一半照料川流不息的人间

垫江豆花

垫江有三朵花:牡丹、油菜花、豆花
管我温饱和口福的是豆花

豆花的前世是黄豆
是杂粮,田边地角就是家
类似我和我年幼的兄弟
不需要刻意看管
丢在地里一边玩耍,一边长大

豆花的今生是一次修行
井水浸泡,石磨咀嚼,石膏点化
与柴火相遇,互送秋波的那一刻
千年古县又开出一朵花。洁白如雪
如同我活着或死去的乡亲一样清白

豆花的前世与今生是一次轮回

这恰似我的一生。来来去去

不过是酸甜苦辣咸，不过是喜怒哀乐怨

农转非

我深陷城市的光影之中
并成为其中一分子
沉闷的车流声日夜奔涌
从窗外渗透我的身体、呼吸和思想
停不下来的脚步
徘徊在异乡。直至严峻时刻
这不过是我注定的命运——
身体滞留在城市
灵魂飘浮在回不去的乡村
耗尽一生,诠释城与乡的接合部

山　间

树林支撑起足够的繁茂

才可以把喧嚣与浮躁

挡在身外

才可以让鸟儿的鸣叫

少一些慌乱

多一些轻松与自在

才可以感知泉水的低吟

类似山坡初生的心跳

才可以吸引我

放下尘世的纷扰和困惑

做回松下采药的童子

闲看风起云生

不问来路归期

早 春

绿茵茵的青草

翻山越岭。一个小孩

像云雾一样来过。

原野的气息弥漫梦境。

早春——

惊醒一朵花

浮现半青半黄的叶。

它朝向光

等候雨

嗡嗡作响的蜜蜂

不请自来。

第三辑

我还想证明什么

对　话
　　——致重庆加尔默洛女修会墙柱

院　墙

1
幸存于世，还能重见天日
不是圣母垂怜或开恩
只因你有用处，可以做别人家的院墙
2
时间患上健忘症，也干糊涂事儿
打发你的家人回国享清福去了
却把你留在异乡，替别人遮风挡雨

修　女

1
你的女儿来到这世上，热爱黑夜

裹着夜幕一般的青衣和头巾

眼睛却比星星明亮,百年后仍熠熠生辉

2

你的女儿想法有些特别

来到这世间不易,来了还要与世隔绝

墙外的桃花和春水空欢喜一场

兀自顾影自怜

3

离开故乡太久的人,会失去灵魂

你的女儿把灵魂交给圣母妥善保管

无论身在何方,会唱歌的灵魂

都散逸芬芳

4

你的女儿多如星星

也有照顾不过来的时候

那些失散人间的,可以为人母

人类的繁衍一样散发光辉

墙头草

1

墙头草,敢在太岁头上动土

也敢在圣母的眼皮底下

爬上修女家的墙头生儿育女

2

你不要相信路人,更不能迷信赞美

时间久了自然会明白

所有的甜言蜜语不如一株墙头草

始终对你不离不弃,哪怕是无心的忠诚

3

墙头草代替你,居高临下地俯视我

只是发现一个连自己都照顾不好的路人

它失望地摇摇头,又礼貌地点点头

罗马柱

1

条条道路通罗马,是因为有罗马柱

连接着天上人间

想去天堂的人太多,有些拥挤

一不小心就被挤下了地狱

2

从前的你,亭亭玉立

如今的你,风韵如水洗过的玫瑰

这是生长在别人眼里的假象

真实的你早已把灵魂还给了自己

过秀湖

二十一个地铁站点

像时间刺破黑暗的漏管

入口在两路口,出口在璧山

一座生长秀湖和故事的城

我踏上天子桥,模仿古人眺望

湖水压低身段,云与树不动声色

我登临游光坊、龙隐阁

天空挨近了一些

隐帝在六百年之外,似有却无

我拜谒状元坊

一个个大过想象的人物

让我一再变轻变薄。卑微

如一只蝼蚁在世间爬行。喘息。安生

华灯初上,一城繁华映半湖。我顺从原路

缓慢找回自己:缺损的,又一天而已

单向行走

盘溪河的前半生是一条臭水沟
洗净身子，扯件花衣裳
拥挤的生活就打开一个出气孔

河沟平躺在城市的最低处
天空窄如深巷，星月养在深闺
却胜过我家阳台顶着的深井

拱桥将滨河公园一分为二
我始终朝一个方向行走、爬坡、转圈
拣好路走，如同安守舒适的生活

破庙横亘在另一个方向
吞云吐雾的菩萨端坐如故。路过时
总是不敢直视他们悲悯的面相

更加惊悚的是庙对面的崖壁

长着许多眼睛，终日闭着

闭着比睁着还要骇人的是坟茔

其实我一生都在逃避

有意或无心，漏掉重要的人和事

只有越来越沉甸甸的步履实诚

像身旁的高铁，拖拽盛年绝尘而去

反向行走

走向自己的反面,或许
与对错无关
无论正面与反面
都是不可或缺的一面
花与叶的正面是风景
反面是支撑风景的筋骨
山与水的正反面
是装饰锦绣人间的封面
日月星辰显露正面的笑脸
馈赠生灵光明与温暖
我时常以正面在世间行走
如同蝼蚁,不留一丝痕迹
我藏得太深太久的反面
自己已学会遗忘
偶尔走向自己的反面
无关对与错,只是
与真实挨近那么一小步

一步登天

春有繁花

不停地开,不断地谢

花开花谢只是匆匆一瞥

花枝簇拥的石林

活在时空与想象之外

我的寿命抵不上它的一瞬

人来人往,宛若落花与流水

下一刻不知去了哪里

借助崖壁意外生长的电梯

我顷刻登临山巅——

山下有心悸的虚空

山上有秦汉的人家

君子兰枯萎了

我在贵州

休职场第一个公休假

把山水收进眼眶,又相忘于山水

你在重庆直面四十五度高温

经历生与死的劫难。我仿佛

看到一片又一片叶子由外及内枯黄

却听不到根茎在焦土中的哭泣

就像一个走向死亡的人

不清楚另一个死亡中的人

是痛苦,是恐惧,还是解脱或不甘

面对枯萎,我仍不死心

一遍又一遍地浇水,祈祷你

挺过酷暑,熬过严冬

火红的花朵点燃下一个春天

冬　天

冬天，穿过小区两排齐整的银杏树
扇状的叶子不再翠绿，从边缘向内泛黄
树旁的红继木、毛叶丁香、石楠、四季桂
红的继续红，绿的依旧绿
树下来往的人变动不大
多数人擦肩而过，很少攀谈
唯一意外的是那个裹着厚厚棉被
被保姆用轮椅推来推去的老妪不见了
我面无表情地从树下经过。不经意
想起十五年前刚栽下的银杏树
它们还不够强壮，还在为过冬发愁

落　叶

树叶一生太过仓促

春时鹅黄，随风而生

秋来枯黄，向阳而死

去年的叶仍在地里腐烂

今年的落叶又贴上来。层层叠叠

我的一生被风牵绊

顺风走，失去方向

逆风行，风大过理想与坚持

不得不一退再退，退退退

退回无路可走的原地

我已默认，落叶一样的命运

可是，我能否像树叶

一样向死而生，一样淡定从容

我能否做一枚落叶

时时刻刻

做好归根到底的准备

街　头

在杂草与蛇虫出没地

垒起两排藏头藏尾的楼房

店铺占据房屋的脸面

人行道局促地横在房前

齐整的公路穿肠而过

流淌着车水马龙的真实与虚空

你和我，与毫不相干的人

有时在店铺闲逛

有时擦肩而过

有时淹没在车灯的汪洋

看起来，比萤火虫的光亮

还要微弱一些

还要把灯火认作繁星

点缀日渐贫乏的盛年生活

我　梦

秋雨缠绵，又缠人
适合品茶，饮酒，吟诗，谈天下事
也适合做白日梦

我梦见李白成仙
爱玩穿越，船行三峡遇老山
饮诗仙太白，话盛世唐朝
他酒后吐真言：
"诗乃天降甘霖，非酒中之物"
老山大彻大悟，方知
"李白斗酒诗百篇"
不过是前人卖酒的广告

我梦回巴山，沐夜雨
邂逅青年傅天琳
她点西窗烛，念商隐诗

引秋池之水种柠檬

借老姐妹的手写作。从此

北碚少了一个果农,多了一位诗人

我梦到无聊斋

主人金铃子善待雨水

拿来浇花,研墨,入画

挥洒城南烟雨成诗——

"怎一个情字了得!"

我梦,与雨很近,与诗很远

理想状如蛛网

时间端坐木椅,如老祖宗
在打盹,在出神,弹指间
它就让木椅老去
木讷。失忆。冷漠无语
与供桌上的牌位一样面生

时间也挑选有来历的人
端坐墙面的相框,看
来往的游人、尘土和飞虫
只有不起眼的白蚁撕咬相框
沙沙……沙沙……

时间偶尔从镜子的背面
来提醒我,从少年到白头
也没弄明白的闲事和风向
我们会有一段沉默

看蜘蛛从高高的屋檐落下,又升起

它吐出理想的蛛丝,不紧不慢
织就一张网,刚好把我网牢

我的爱情是隐喻

两鬓染霜,我依然相信爱情
它活在不同的喻体里
别人的爱情是明喻
幸福与忧伤写在脸上
我的爱情是隐喻
是一粒珍藏已久的种子
卡在心田的裂缝间
不会发芽,只会隐隐作痛

等雪来的人

等雪来的人,许久没有她的消息

她像候鸟一样,每年初冬去东北
等候第一场雪

她喜欢自己全副武装的样子
没人认识。也陶醉从天而降的感觉

她迷恋滑雪,不再惦记那段婚姻
不再想起那个手脚并用玩游戏的人

她滑呀滑,她离不开雪
大雪覆盖的世界没有痛苦与挣扎

大雪也懂她,预先封锁六楼窗台
猫咪无处可跳,妈妈仍在乡下劳作

等雪来的人,是我起初的恋人

我们走散,在这没有风雪的城市

那　时

那时的街,栗树高过房屋
炊烟比路上行人起得早

那时的河,盛满少年的梦与愁
水中月明胜过两岸灯火

那时的天,放牧成群的绵羊
东边日出不用躲开西边雨

那时的你,背着工友们写信
一个人会不自觉地傻笑

那时的我,简单如木头
走到树荫下,也不敢牵你的手

平静的眼睛

小城的阳光有些特别

除了刺眼,还会刻蚀那些

熟悉又亲切的人间烟火

小城的你带着光

只有一个人能从熙攘的人群中

捕捉到光的移动,心跳也会起伏

从前的时间多么年轻且富余

可以追逐光从城西走到城南

从清晨到黑夜,直至二楼的星星隐没

一个人的青春与美好啊

只不过是忐忑眺望过,从未面对过

那平静如深潭的眼睛

一本书的记忆

一所学校,两年同窗,三十年情谊
抵不过一本书的分量

一本忘了书名的书,不厚不薄
轻轻放在你的膝上,放在另一个人

记忆的深处。放置那么久,不沾一粒尘埃
抵过走马羊所有的故事与念想

抵过书中异域的奇闻,散发郁金香味的情爱
抵过一个少男对一个少女

初开的情窦。却抵不过一只无知的手
不经意拿起那本书时,掀起的涟漪——

在你那里只是一瞬,在我这里已是半生

匆　匆

隔着一节轻轨车厢
用热切的目光相互拥抱
暖流如闪电，只在体内逗留片刻
你的到来或离开，同样匆匆
更加匆忙的是发际线不断升高
爱和希望还没开始燃烧
已悄然结上千年不化的寒冰

路过街头人潮汹涌
与车来车往没什么不同
浮华的光影里装满冰冻的过去
那些没有好好登场的青春
如今只剩下苦涩的背影和叹息
不如随意牵着的手
还可以用于回忆与遗忘

走进熟悉的鞋店

挑选、试穿和购买成为消遣

就像我们消磨为数不多的盛年

一样漫无目的,一样毫无意义

终将免不了与鞋子相同的际遇

沦为过客,慢慢地被时间放逐或遗弃

总让人想起,天空偶然相遇的云朵

逃不出各自走散的宿命

我还想证明什么

植物的一生

为阳光、水和土地所累

甲壳虫、乌龟、田螺

背负重重的壳,与生俱来

屎壳郎挣扎一辈子

也推不掉硕大的粪球

人间太过逼仄

生命已悄然抵近黄昏

可是我依然不知道

如何用一首诗,或是一段爱

仓促地证明自己的存在

过冬的女人

路过一株过冬的银杏树
想起一个自称与爱情绝缘的女人

枝叶摇曳，多像她的挣扎和不羁
悄无声息地抵近生命的黄昏

树间的草丛铺满金黄的心事
类似她的自尊与自卑兀自生长，蔓延

裹挟心底的暗流奔突，锋利如刀
一刀刀戕夷自己，一刀刀逼退爱情

那个与银杏树一起过冬的女人
一边忍住泪水，一边醉酒、写诗、做梦不止

初学油画的女儿

拿起画笔的茫然

如同我第一次扛锄头下地

也比不上婴儿蹒跚学步

一笔,笨拙的企鹅在雪地行走

一画,疼痛多年的腰椎尝试翻身

没有行云流水的潇洒

却胜似慈母临行密密缝。巧夺天工

简单些,淡化春天的热烈

收敛秋天的丰盛与喜悦

停笔,着淡妆,改换素衣

留给五月一个惊艳的背影

她是五月最美的新娘

五月，我要像枝头的喜鹊

重新练习赞美

赞美今天的每一分钟每一秒

赞美遇见的每一个人，无论是否相识

赞美流水带走的青春

赞美我曾以为不会发芽的爱情

尽管，此刻世界笼罩着乌云

城口下雪，印度流火

这些都不能阻止婚姻登记处

早早排起的长龙

不能阻止爱情和幸福的生长

更不能阻止我歌唱，阻止我赞美

今天，我，要大声赞美

赞美一边化妆，一边窃喜的女儿

她是五月最美的新娘

意 外

阳台上的金橘

踩着夏天的尾巴

开花了。一只山蜂

忙前忙后采蜜

四周是水泥森林

大无边际

我不知道山蜂

从哪里飞来

可是,我仿佛看见

秋后的金橘

它的果

成　语

金铃子再三提醒我
要少用成语
它显老，诗句会长满白发
顶着白露出生的汤养宗不信邪
专门种植成语
一串接一串，多像地里成熟的高粱
刘年哼着古老的楚歌
从成语堆里进进出出。潘洗尘见过
太多的成语，拣好的读出声
我是写诗的门外汉
掂着屈指可数的成语犯了愁——
用是败笔，不用落不下笔

新年辞

时间经过的时候

键盘是安静的,我是茫然的

这一年过得多么潦草呀——

龙溪河的水换了多少茬

来不及看一眼

河边踩压后的狗尾巴草垂着头

来不及扶正和致歉

岸上的孤坟长满刺藤

青了又黄,来不及拔除

活着的亲人,来不及问候

来不及祝福与珍惜……

这一年过得多么匆忙啊——

一首诗刚起了个头

又拖到了下一年

依然找不到会呼吸的词语

拯救诗的命运,以及我

不悲不喜的心情

第四辑

颂钵响起

倒　映

生长庄稼的平地

如今生长高楼与繁华

生长溪流的坡地

如今生长别墅与曲径通幽

溪流有成人之美与归隐之心

蛰伏为地下的暗流

河流有百川归海的志向

不再与溪流为伍

四处碰壁，日渐消瘦

退缩为城市最低处的河沟

可是，它还没有看清自己的命运

依然做着春水泛滥的梦

河面倒映不相干的天空与流云

倒映远处摸不着的高楼

却从不倒映身边

那些命运攸关的花草树木

隐秘的去处

在人间
我有一个隐秘的去处
藏在城市的高处
山坡的低洼带
刚好可以容纳一个人发呆
那里太过偏僻与狭小
与周边的草坪、花园和人群
形成天壤之别
它仅容得下一条羊肠小道
和我这样心胸狭隘的人
那里也有些与众不同
没有打磨的石头是原生的
疯长的花草是野生的
溪流是天生的,还很孱弱
类似山坡初生的心跳
误入其间的我

接纳宁静与孤独的慰藉

尝试关照层层面具下

病入膏肓的灵魂

尝试剔除诗歌炫目的枝叶

把不起眼的根须

当成一味起死回生的解药

听 雨

雨，从天上来

顺从天井的安排

拍打肥大的热亚海芋叶

回声，却在唐朝的巴山缠绕

我从卧室到客厅旅行

足音纤微，似有，却无

类似诗歌卡顿在久远的秋池

夜雨顺应叶子的意志

潜入低处的草丛

类似匆逝的你，不吭一声

留给我半生的寂静

想要紧紧抓住的事物

想要紧紧抓住的事物
不是得不到
通常是不得不放弃

失去的东西,多么珍贵
花光一辈子的积蓄也买不回来
若要按质论价

又一文不值。就像爱和青春
不管你在意或无意
总是意外地从身边溜走

托 举

群山是大地的手足
托举阴晴不定的天空

花草树木和庄稼
是大地的毛发或指甲
托举茂盛的阳光

蝉与蛙是天生的乐师
用丰沛的声音托举
热情过度的夏天

我是时间的弃儿
拿什么托举沉重的肉身和步履

还有那——
奢侈又多余的灵魂

泡 沫

鸟鸣从晨光中苏醒,如此清脆
有山峰的温润、峻峭和挺拔
分割白天的混沌与黑夜的澄明
分割昨天与今天的你,不得不
面对难以企及的距离与高度

无根的车流声和人声
渐次后退,归隐于鸟鸣之外
生活的泡沫泛起、推搡至满溢
又循环往复地消散并堆积,催生
令人沉默的故事和悬空的心情

余光偶尔跌落在窗外的枝头
悄悄地稠密,匆匆地稀疏
如同重庆夹缝中的春天
冬天在推,夏天在拉

被风吹过的日子遗留下泡沫

一成不变地装饰前路与未知

霜降,倦鸟尝试归林

雪出身名门望族
圣洁如仙女,活在万千赞美中

霜是寒门子弟,一样清清白白
世代定居优雅诗词的背面

霜降临乡村,水田结冰、菜叶枯黄
草尖铺满晶莹剔透的盐粒

霜顽皮地爬上屋檐,伪装成雪
然而瞒不过慧眼如炬的母亲

"打霜啦——"母亲从衣柜取出棉袄
套在我的身上,也套住童年的记忆

如今我生活的城市不下雪,不见霜的踪影

另一种风霜却提前染白我的双鬓

我尝试用诗歌种半亩林，散养倦鸟、风月与余生

命运攸关的树

我的出生地叫栗树场
栗树活在口口相传
从没见过它出场
还有栗树下的广德中学
那是老人们心中的传奇

与我朝夕相伴的是黄桷树
比我的祖母还要年长
两棵并列卫生院,三棵散落河坝
它们是守护老街的篱笆
我们与蛇虫相安无事,一起攀爬过
一起品尝过叶芽的味道

比我祖母的祖母还要年长的
是矗立在乡政府的重阳木
它是老街的主心骨和白鹤的家

架在树上的高音喇叭

按时播放新闻与通知

成为连接外界的唯一窗口

和我最亲密的是泡桐树

父亲亲手在院子里种下它

成材后又亲手砍倒它

打成一口棺木

去世后又亲自躺了进去

任凭我在外面哭喊

他不理，睡得踏实而安详

半世漂泊，离不开一方水土

那些树是我的父老乡亲

伫立场口，等候归来的子嗣

梵呗里生长的村庄

房屋在溪水间反复淘洗

日头在鸟鸣声中起起落落

庄稼与雨水在恋爱里自然生长

梵呗升起炊烟,洁白如云

装饰了乡村、童年和经年的梦

梵呗与这片土地血脉相连

沿途唤醒千道山万条河

高原从此告别亿万年的洪荒

遍地生灵有了神明的庇护

善良的种子学会在心田发芽

迷失在梵呗里的村庄

蝉鸣蛙鼓懂得美声

风铃会讲故事

歌谣长出薄薄的翅膀

青稞的浪花漫过山冈涌向天边

阿妈长长的呼唤传来
顿时,阳光洒满梵呗里的村庄

一只会跳舞的萨满鼓

声音似月华弥漫开来

不像来自天外

不像来自凡尘

不像来自远古

而是来自一个柔弱的身体

自然的吟唱

如同魔法师的神奇权杖

挥动间——

空气凝固了

江河断流了

呼吸停止了

喧闹躲到九霄云外

此刻，塞外的白雪静静地飘临

落进我梦境的鼓乐

是山的精灵

是水的眼睛

是云朵新做的嫁衣

是牛羊日夜眷恋的故乡

是游牧民族流淌了几千年的血与泪

流浪在史书外的光荣与梦想

一只会跳舞的萨满鼓

今夜完完全全征服了我

唱着歌的美丽女子

不知属于哪个幸福的男人

颂钵响起

人群不再躁动不安
寂静如镜子，照彻亘古不变的荒原

起风了，舞步那么轻盈
宛若暮鼓晨钟，唤醒一个崭新的世界

来不及呈现它的美好，风声却快马加鞭
骤然紧张起来。眼前的世界加剧撕裂

撕碎天地与万物，留下万劫不复的虚空
一群原始的声音追逐着撕扯着磨砺着空洞的躯壳

没有任何生命的征兆，哪怕是流言、诽谤、辱骂和诅咒
都是美好的。灵魂与岩石承受亿万年的风化

不知何时，一缕缕花香伸出纤纤细手

摇醒沉睡经年的钟声,缓缓走过地老天荒

世界恢复往昔的混沌或澄明

我从梦境跌落,还要在余音里摇曳一会儿

望夫吟

雨一直下

述说的故事长满苔藓

总让人想起坐在门口的女人

眼巴巴地望着村头小路

把春夏秋冬拧成死结

有的事说来就来了

第一次被花轿抬出家门

第一次嗅到成熟男人的味道

羞涩地解下少女的头巾

你成为丈夫的靠山,儿女的神明

有的人说走就走了

一纸征兵令化作千重山万条河

一封阵亡信断了来路去路回头路

断了日头断了念想断了女人的衷肠

荒漠深处的无名土堆

从此成为你救苦救难的菩萨

门上斑驳的钟馗失去往日神采

村头小路的记忆时断时续

女人一辈子的心事凝结为石头

有人把它绣成刺绣绘成画

编成了世代传唱的美丽神话

一眼万年,望断巫山云雨

望穿红尘望尽天涯望见断肠人

披满霞光的望夫石

散发出佛祖般的万千气象

灯

从田间地头捕捉萤火虫

装进玻璃瓶,悬挂蚊帐中

是我用过最原始的灯

那些会呼吸的微光

耗尽萤火虫一生

只能照见我仓促的一夜

记忆的乡村,夜晚特别黑

我曾用火柴驱赶恐惧与不安

也用它唤醒污渍的煤油灯

在狭窄的光影里

课本、作业、堂屋和母亲

慈祥的微笑,清晰如故

后来我身在他乡为异客

流连于城市五光十色的灯

忘记母亲在那头,我在这头

还可以一起凝望溪水般的月光

世间最朴素的菜油灯升起时

母亲已走完她青菜一般的人生

不如一根燃烧的灯草

活得敞亮。我告诉懵懂的女儿

从此你要习惯抬起头

学会将某颗忽明忽暗的星星

认领为自己的亲人

煤油灯

暗夜起身的煤油灯

负责照料一家人的起居

母亲特意拧大灯芯

照看的是我的课本与少年时光

我时常盯着未看完的书

心思却不知去了哪里

用久的灯罩会和我的鼻孔一样

沾染灰黑的碳粉

母亲用草纸替我擦去鼻涕

又熟稔地擦净灯罩

灯火变亮,那些日子愈加清晰

若即,若离,缠绕我一生

捡　魂

想起年轻时的母亲,半夜叫上我
为昏睡不醒的弟弟捡魂

天与地一样黑,偶有萤火虫在桑林蹿飞
母亲挥动竹耙在弟弟去过的沟坎反复抓捞

嘴里念叨:"三儿哪,回来——"
她的声音有些发凉。我提着煤油灯跟得更紧了

弟弟一大早醒来,活蹦又乱跳的
我对母亲捡魂的法子却半信,半疑,不解至今

行车记

前人感叹行路难

也许是做着上青天的梦

我感慨重庆路窄、堵车、太费神

却放不下步步惊心的城市生活

我紧跟前车,靠右边的虚线行驶

是为阻止其他车辆加塞

我刻意把车的右侧留宽一些

是给无路可走的摩托车放行

在灯光不好的路段

我会远离中间的隔离带

那里没有熊出灭,不时有人蹿出

这样的生活过了多久,让我

成为一个左顾右盼的人

成为这个城市拔不掉的堵点之一

或　许

中秋遇上国庆

再遇上秋雨,藏匿异乡的明月

窗外那只挂在树丛的麻雀

面无表情地练习发呆

或许,它思忖雨带走的事物

对面阳台的老人

收起一板一眼的太极拳

躺在竹椅上听戏,大半天

眼皮始终没有睁开过

或许,他已把风雨带回前朝

女儿郑重其事地修剪指甲

关照镜子里的青春痘

有时欣喜有时懊恼

有时没日没夜地折腾手机

或许，她的生活还需要风雨

我类似那只鸟，思想迟钝
成群结队的美女迎面而来
也懒得抬一下头
对付擅自爬上灶台的蚂蚁
直接用手指摁死，不会心生悲悯

或许有一天，你从记忆中复活或消失
我将看到阳光与鲜花同时盛开

假　设

金铃子说
"你平时是绷起的
只有写诗的时候，真实一些"
我一脸懵然，不知自己
是一匹披着羊皮的狼
（我有狼子野心？！）
还是一只披着狼皮的羊
（我有菩萨心肠？！）

假如，我扯下层层面具
拆除满身的脚手架
拿掉仅存的一点自尊或自卑
我的肉身是否会像烂泥一样掉落
我的骨架是否会四分五裂
我的灵魂将何处安放

——若不写诗，我又是谁

了无痕迹

北方,雪降,大地越发辽阔

大过我不切实际的理想

大过我一生的欢愉与忧伤

雪一重重地降落,一层层地堆叠

雪抵达的树叶、草丛、群山哑然失色

雪水滋养的根茎仍在地里萌芽

我卑怯的情思仍旧深藏,等待,直至幻灭

这多像此刻的雪,不停地追逐与掩埋

我身后零乱的足印。了无痕迹

过　年

不过是
一只无形的手
在树心上画一个圈
除非折断，不会显露真身
不过是
龙溪河水一次起落
坟前的荒草一次枯荣
你我一次擦肩而过
不过是游子
年前像豆荚一样聚拢
年后像豆子一样散落四方
不过是——
爆竹骤然响起
生者吃年饭，死者领纸钱

羊的善意是活佛

我从北方的都城撤离
朋友调侃,你放弃的是美好前程
是大片大片的锦绣河山
我说,河也美,山也好
不过是人群密集,难得立锥之地
不如天山一个牧民拥有的疆土广阔
其实,我没去过沙漠、戈壁、草原和雪山
没见过大风、飞骑、兵戈、仇恨和厮杀
只是读过关于边塞的诗,提到雪
羊绒般的雪花和寒意顷刻堆叠梦境
提到牧人抱起初生的羊羔钻进毡房
羊羔又钻进女人的怀里,我突然明白
阳光为什么不放弃每一寸土地
牧人为什么不愿意背井离乡
我突然发现,从前读过的史书漏洞百出
不提人吃人,比野狼更凶残的是人算计人

比史书更真实的是生死关头,羊不吃羊

这让我牵挂每一只待宰的羔羊

它的善意,是活佛,是草原生生不息的太阳

生长的记忆

布谷鸟的数声鸣叫

似琴音掠过心湖。瞬时

我回到少年,乡下,潮湿的井边

你,仍活着,那么生动

打水,担水,把水溅在地上

一直在记忆里重复数十年

我活在世上,内向,木讷

分不清你和我——

究竟谁让谁活着

一个定格年轻,一个走向衰老

乡间的鸟鸣是新鲜的

记忆在生长,你一定是鲜活的

图书在版编目（CIP）数据

支撑 / 朱传富著. -- 武汉：长江文艺出版社，2023.10
ISBN 978-7-5702-3280-2

Ⅰ.①支… Ⅱ.①朱… Ⅲ.①诗集－中国－当代 Ⅳ.①I227

中国国家版本馆CIP数据核字（2023）第138858号

支撑
ZHICHENG

责任编辑：胡　璇	责任校对：毛季慧
封面设计：源画设计	责任印制：邱　莉　王光兴

出版：长江出版传媒　长江文艺出版社

地址：武汉市雄楚大街268号　　邮编：430070
发行：长江文艺出版社
http://www.cjlap.com
印刷：湖北恒泰印务有限公司

开本：880毫米×1230毫米　　1/32　　印张：4.75
版次：2023年10月第1版　　　　2023年10月第1次印刷
行数：2778行

定价：48.00元

版权所有，盗版必究（举报电话：027—87679308　　87679310）
（图书出现印装问题，本社负责调换）